KB035115

문학과지성 시인선 535

무족영원

신해욱 시집

문학과지성사

문학과지성사에서 펴낸 신해욱의 시집

생물성(2009)
syzygy(2014)

문학과지성 시인선 535
무족영원

초판 1쇄 발행 2019년 12월 9일
초판 7쇄 발행 2024년 10월 24일

지 은 이 신해욱
펴 낸 이 이광호
주　　간 이근혜
편　　집 박선우 최지인 이민희 조은혜
펴 낸 곳 ㈜문학과지성사
등록번호 제1993-000098호
주　　소 04034 서울 마포구 잔다리로7길 18(서교동 377-20)
전　　화 02)338-7224
팩　　스 02)323-4180(편집) 02)338-7221(영업)
전자우편 moonji@moonji.com
홈페이지 www.moonji.com

ISBN 978-89-320-3595-6 03810

이 도서의 국립중앙도서관 출판예정도서목록(CIP)은 서지정보유통지원시스템 홈페이지
(http://seoji.nl.go.kr)와 국가자료공동목록시스템(http://www.nl.go.kr/kolisnet)에서
이용하실 수 있습니다. (CIP제어번호: CIP2019048506)

문학과지성 시인선 535

무족영원

신해욱

시인의 말

하나가 등을 떠밀자
하나가 이야기의 빙판 위로 미끄러지고
하나는 그네를 탔다.

테두리
아니면 자연의 가장자리

버릇없이 자라는 나무가 있었고

무족영원

차례

I

II

III

아케이드를 걸었다

아케이드를 걸었다

가게가 많았다

물건이 많았다

사고 싶은 것도 많았는데 잘 떠오르지는 않았다

시간이 흐르고 있었다

무지개떡 같은 것
리본 같은 것
아니면 장래 희망 같은 것

웃음이 나려고 했다

주마등 같은 것
축복 같은 것
휘두를 수 있는 낫과 호미와

녹다가 만 얼음 같은 것

아케이드를 걸었지 허락도 없이

전단지를 밟았다

비닐우산이 일제히 펼쳐지는 소리를 들었다

영원한 충격에 사로잡힌 얼굴을 보았다

아케이드를 걸었다

누구나 나를 앞질러 갔다

시간이 흐르고 있었다

단춧구멍 전문

단춧구멍을 샀다.

매점의 밤을 지나. 나는 닫힌 매점에서. 환형동물로 돌아가는 입구를 찾아 헤매고 있었던 것 같다.

환골탈태의 억울함을 호소하며 공원을. 골목을. 전당포를. 만물이 넘치는 백화점을 돌아다녔던 것 같다.

발을 밟히고 비틀거렸던 것 같다.

폭우가 쏟아지는 저지대의 맨홀 뚜껑을 뚫어지게 바라보다 교회에 가서. 말하자면 교회에 가서. 기도를 했던 것 같다. 바라면 이루어지나니. 두드리면 열리나니.

자판기를 쾅쾅 두드렸던 것 같다.

단춧구멍이 나왔던 것 같다.

단추만도 못한 것. 모욕을 당한 기분이었지만. 됐다. 공

짜가 아니다. 외상을 긋고 산 겁니다. 됐다. 이것은 단추가 아니다. 단춧구멍이다. 됐다. 이제 된 것이다.

단춧구멍으로 땀이 쏟아진다. 동그란 감격. 동그란 얼룩.

단춧구멍으로 숨이 찬다. 동그란 호흡. 동그란 여름.

단춧구멍으로 눈물이 난다. 꼭꼭 숨어라. 머리카락. 손가락. 매점의 습한 밤을 지나. 나는 닫힌 매점에서.

단춧구멍으로 코피를 흘리며
단춧구멍으로 꿈틀거리며
무슨 수로 외상을 갚나 간계에 빠진 것이면 어쩌나
나는 동그란 수심에 젖고 있는 게 틀림없다.

화훼파

오늘의 나무 꽃나무
오늘의 나무 꽃나무 아래
누가 있다

누가 무허가의 좌판을 벌여놓고
젖은 낙엽을 깔고 앉아
혼자의 힘으로 주먹구구를 하고 있다

기계주름을 하고 있다

사루비아
시클라멘
오필리아
무당버섯 풀물이 든 손으로 패를 펼치고 있다

(이렇게 빼앗는 것이구나)

모서리를 누른 네 개의 돌

네 글자로 이루어진 고독의 목록

우주자석
사슴벌레
파리지옥
코스모스 바람이 분다 비구름이 온다 매미가 운다 암호를 대라

흙냄새가 난다

누가 휘파람을 분다

삽자루에 기대어 선 사람이 나를 돌아본다

가지치기를 하는 사람이 남의 꽃에 물을 주는 사람이 양봉 모자를 쓴 사람이

(이렇게 빼앗기는 것이구나)

나를 돌아본다 오늘의 나무 꽃나무
꽃의 나무

나무는 한없이 컸다 나는 다 소용이 없었다

나는 전혀 무섭지 않았다

무족영원

깊은 잠을 자는 개의 규칙적인 숨소리 옆에는
음을 영원히 놓친
가수의 표정만이 허락된다고 하시.

그런 표정을 연습한 적이 없으니
나는 무릎에 얼굴을 묻고
애국가보다 재미있는 노래를 하나라도 떠올리기 위해
애를 쓰는 수밖에 없습니다.

무족영원의 순간이라 중얼거려봅니다.

열대에 서식하는 백여 종의 눈먼 생물이
양서류 무족영원목 무족영원과에 속한다고 합니다.

파훼

삼복염천에. 누가 삼각자를 들고. 무더위의 모서리를 찾아 헤매는 것 같습니다.

가자. 가까운 데로. 가장 가까운 데로. 더 가까이. 맨발로. 스텝을 밟고. 턴을 하고.

골목이 있다. 문이 있다. 문턱이 있다.

벽은 없다. 산은 높다. 들판은 넓다.

발끝으로 서서. 누가. 삼각자로 잰 높이. 무릎걸음으로. 삼복염천에. 삼각자로 잰 길이. 삼각자에는 각이 있다. 눈금이 있다. 닮은꼴이 있다. 원점의 원점으로부터. 높이의 높음. 넓이의 넓음. 삶은 물질로 이루어져 있다. 영혼은 무기질로 이루어져 있다.

바위는 단단하다. 에테르는 투명하다.

넘어지는 것 같습니다. 누가. 삼각자로 재야 하는 기울기. 두 번. 세 번. 네 번. 삼각자가 더듬는 깊이. 힘을 준다. 다시 두 번. 다시 세 번. 짚이는 데를 짚고. 각은 날카롭다. 눈금은 치밀하다. 찾지 못한 깊이. 들킬 수 없습니다. 삼복염천에. 잘못 찾은 깊이. 삼각자에 썰려 경험론자의 경험이 대신 찢어지고 경험의 틈이 벌어지고

벌어진 틈으로 미지의 액체가 콸콸 흘러 흙이. 숲이. 습함이. 병듦이.

상처는 생각보다 깊고 여름은 비참하게 길고 병듦이. 붉음이. 시듦이. 슬픔이.

보잘것없는 상념이. 건조불멸의 시름이. 어지러운 빈혈의 마음이.

깜부깃병에 휩쓸린 보리밭이. 개구리밥에 뒤덮인 연못이. 향토색에 찌든 자연이.

바람이 분다. 삼복염천에. 도무지 갈피를 잡을 수 없는

바람.

나무가 있다. 삼복염천에. 이글이글 타 죽은 나무.

타 죽은 나무에 등을 기대고 앉아. 누가. 머리를 식히는 것 같습니다. 삼각자를 이마에 대고. 목을 꺾고. 흙은 붉다. 살갗은 얇다. 껍질은 떫다. 연못은 깊다. 잘못 깊다. 부러진 삼각자에 찔려. 홍청망청 쏟아지는 것들. 곤드레 만드레 흘러내리는 것들.

삼복염천에. 누가 잡초를 움켜쥐고. 통곡을 하는 것 같습니다.

정오의 신비한 물체*

가방이 열려 있습니다. 너는.

구슬이 가득하다.

쏟아질 것 같아서. 눈을 뗄 수가 없습니다. 나는. 안경을 쓴다. 껌을 씹는다. 풍선을 분다. 의혹이 부푼다. 저것은 구슬인가. 알인가. 소우주인가. 생명보험회사의 사은품인가.

무차별의 햇빛과. 보도블록의 패턴과.

모퉁이를 돈다. 풍선이 터진다. 법원을 지나. 도서관을 지나. 머리를 묶는다. 너는. 가르마가 가리키는 운명을 숨기려는 것 같습니다. 인파를 헤치고. 공무원으로. 외판원으로. 도서관 옆에 조달청. 조달청 건너 성모병원. 아니면 잡상인으로. 아니면 생명제조무한합자회사의 납품 담당으로. 녹초가 되어. 무겁다. 쏟아질 것 같아서.

선을 넘습니다. 나는.

씹던 껌을 다시 씹는다. 터진 풍선을 다시 분다. 가방이 열려 있다. 신고를 해야 할까. 가방이 열려 있다. 암거래를 해야 할까. 교차로 건너에 터미널. 계단 아래에 지하상가. 사이렌이 울린다. 생명보험에 들어야 할까. 먼지가 날린다. 만원 버스를 타야 할까. 풍선이 터진다. 인구론을 읽어야 할까. 주역을 공부해야 할까.

깨진 맥락과. 무너진 간격과. 삭제된 심층과.

가방이 열려 있습니다. 너는.

머리끈이 풀린다. 머리카락이 날린다. 정오를 지나. 터미널을 지나. 뿔뿔이. 낱낱이.

* 아피찻뽕 위라세타쿤의 영화 제목.

이렇게 맑은 날에

삐라를 주웠다

이렇게 맑은 날에 주머니엔 신분증

주머니엔 지우개

지우개로 할 수 있는 많은 것 또 할 수 없는 모든 것

동지들

할 수 없다 이렇게 맑은 날에

해바라기가 이글거린다
그네가 흔들린다
오동잎이 펄럭인다
인민 노트를 펼치고 뒤를 보아라

뒤를 본다 이렇게 맑은 날에

오래된 낙엽이 굴러다닌다

그네가 흔들린다

흔들리는 것들이 제외되고

까마귀가 죽어 있다 삐라를 찢지 마세요

배후를 지워라
해바라기의 목을 자르고
까마귀연을 날리고
완전한 마모의 돌을 찾아 주머니에 넣어라

삐라는 너덜거린다

주머니엔 달러와 쿠폰 북 이동식 기억 장치 이렇게 맑은 날에

어제의 영수증과 구겨짐의 정석

햄릿상자

햄릿상자에는
햄릿구멍이
햄릿의 놀란 입처럼 동그랗게 뚫려 있습니다

밤입니다

경복궁 앞입니다

동그랗게
차마 눈을 뜨고 볼 수 없을 만큼 진지하고 동그랗게
구멍에 손을 넣어봅니다

봄입니다

21세기입니다

동그랗게
바야흐로 눈에 띄지 않을 만큼 초라하고 동그랗게
나는 겁이 납니다

기호 0과 기호 1
경우의 수에 시달리며
햄릿의 들끓는 내면을 조작하게 될 것 같습니다

캡사이신을 피해 한 손으로는 머리를 감싸고
있을 것인가 없을 것인가
없을 것인가 있지 않을 것인가
양자택일을 반복하다 혼자 남게 될 것 같습니다

한 손에는 그런 것이 만져지는 중입니다

그대로 주먹을 불끈 쥐고
감자를 먹이고 싶다가
쌀밥을 먹일까
보리밥을 먹일까
햄릿의 고독한 허기가 당혹스러워지는 자리입니다

목에 칼을 쓰고 있어서 바닥에 발이 닿지 않는 심정의
시대착오적 노천 무대입니다

천변에서

당신은 무슨 일로
그리합니까?
홀로이 개여울에 주저앉아서
—김소월, 「개여울」

이쪽을 매정히 등지고
검은 머리가 천변에 쪼그려 앉아 있습니다

산발입니다

죽은 생각을 물에 개어
경단을 빚고 있는 것처럼 보입니다

동그랗고
작고
가차 없는 것들

차갑고
말랑말랑하고

당돌한 것들

나는 기다리고 있습니다

계핏가루 콩가루
빵가루
뇌하수체 가루
알록달록한 고물이 담긴 쟁반을 받쳐 들고 있습니다

—나눠 먹읍시다!

나눠 먹읍시다 메아리도 울리는데

검은 머리는 뒤를 돌아보지 못합니다
검은 머리만 어깨 너머로 흘러내립니다
이크, 몇 오라기가
경단에 섞였는지도 모릅니다

쟁반을 몰래 내려놓고

머리를 땋아주는 일이 먼저일 것 같습니다

검은 머리가 삼손의 백발이 될 때까지
백발마녀가 라푼젤로 환생할 때까지
그다음엔
그다음엔 꼭 나눠 먹읍시다

어제의 네가
오늘을 차지하고 있어서
오늘의 나는
이렇게 기다리는 수밖에 없습니다

어디까지 어디부터

규모를 가늠할 수 없는 이사 행렬이 이어지고 있었다

옥광산을 지나
생태계를 넘어

늦었지 이미. 늦은 것이다. 그렇지만.

우리는 다 같이 창씨개명을 하고
각자의 부동산을 짊어지고

우리는 마치 기하급수를 하는 듯이
천근만근을 하는 듯이

멀었지 아직. 먼 것이다. 그렇지만. 개미지옥에서 아직도 멀어지려는 듯이

누가 밟은 것이 무엇이어서
어디까지 무너지겠다는 듯이

저절로 열리는 문과

저절로 닫히는 문과

저기에 저렇게 있는
묘목들의 연약한 그림자

저기에 또 저렇게 있는
누적된 사물들의 단단함

누가 버린 것이 무엇이어서
어디까지 사로잡히려는 듯이

구전되어오는 자연수와

무지개의 초월곡선과

누군가의 손가락을 빠져나간
어딘가의 모래와 예감의 간지러움과

열과 오를 맞추어
무소속을 유지하며 한 칸씩

지구는 둥글고 끝이 나지 않을 것 같았네

빈교행

우리는 다 같이 털모자를 눌러쓰고
옥광산에 가기로 했다
칼바람이 불었다
옥외 광고판은 켰다
옥반지를 낀 하나의 손가락이
방향을 가리키고 있었다
거리는 소멸에 가깝고
버스 뒤에 버스
가로수 다음의 가로수

손톱을 깎고 싶다 목욕을 하고 싶다 옥침대에 누워 옥마사지를 받은 다음 청량한 광천수로 목을 축이고 싶다

육교를 건넜다
손가락으로 난간을 훑었다
하나는 좋은 것
하나는 좋은 것
레미콘이 지나가고 먼지가 날리고
해는 짧다

비닐은 검다
바람을 타는 비닐의 움직임
불에 타는 비닐의 냄새

녹초가 되고 싶다 불을 쬐고 싶다 매운 눈을 질끈 감고 손에 손에 옥을 쥐고

손을 녹일까
손을 녹이자
그래서 우리는 다 같이
빈손을 섞었지 옛 노래에 맞추어
손 뒤집어 구름을 만드네
다시 엎어 눈을 내리네*
소각장을 지나 비수기
비수기 너머에 매립지
손바닥이 나오면 유혹을 당한 것이다
손등이 나오면 부름을 받은 것이다

부자가 되고 싶다 정토에 들고 싶다 목장갑을 끼고 방

독면을 쓰고 도끼를 곡괭이를 하늘 높이 치켜들고

먼 산을 보았다
유리 조각을 밟았나
불안과 야심
흐림과 떨림
흙에 묻을까 흙에 묻자

우리는 다 같이 헐벗은 마음을 추슬러
옥광산에 가기로 했다
칼바람이 불었다
콧등에 땀이 맺혔다
흙에 손을 대면
흙은 영원히 굳지 않을 것이다
우리가 밟을 수 없는 땅에
곤두박질을 하듯 영원히
또 영원히 눈은 내릴 것이고

* “손 뒤집어 구름을 만들고 다시 엎어 비를 내리네飜手作雲覆手雨”
—두보,「빈교행貧交行」.

이렇게 추운 날에

이렇게 추운 날에. 열쇠가 맞지 않는다.

이렇게 추운 날에. 얼굴이 떠오르지 않는다.

뭘까. 이 어리석음은 뭘까.

얼음일까.

얼음의 마음일까.

막연히 문을 당기자 어깨가 빠지고
뼈가 쏟아지고

쏟아진 뼈들이 춤을 출 수 없게 하소서
경건한 노래가 굴러떨어지고

뼈만 남은 이야기에 언젠가 눈이 내리는데

깨진 약속들이 맹목적으로 반짝이게 되는데

일관성을 잃은 믿음과

열쇠와

열쇠 구멍과

이렇게 추운 날에. 너는 있다. 여전히 있다. 터무니없이 약속을 지키고 있다.

아주 다른 것이 되어

이렇게 추운 날에

모든 밤의 바깥에서

화이트아웃

맨발에 실내화를 끌고. 속은 것 같다. 우리는 닥치는 대로 희고 동그란 답을 찾아 헤매다가. 케이크에 봉착하고 말았습니다.

귀가 많으니까. 귀로 준비하자. 제물을 바치듯이. 고사를 지내듯이. 손가락으로 머리를 빗고. 앞치마에 손가락을 닦고. 차례로 귀를 떼어내어 케이크의 가장자리를 장식하는 수밖에 없었습니다.

케이크는 크고. 케이크는 하얗고. 원을 깨면 벌을 받는다. 깨지 않으면 숨이 막힌다. 숨이 막힌 다음에도 귀는 사흘간 열려 있으니까. 이마를 훔치고. 침을 삼키고. 귀에는 귀. 귀에는 귀. 우리는 케이크 앞에 꼼짝없이 묶여 있어야 했습니다.

케이크는 무한하고. 케이크는 냉혹하고. 우리는 마치 종말이라도 막으려는 듯이. 아비규환을 피하려는 듯이. 과묵하게. 적나라하게. 천둥이 친다. 번뇌가 끓는다. 심지어 개가 짖고. 심지어 기침이 나고. 살기등등하게 케이크가 갈라지며 실내는 치찰음으로 가득해졌습니다.

우리는 판독 불능이었습니다. 우리는 마치 접근 금지를 당한 듯이. 바깥으로 내몰린 듯이. 중심을 잃은 듯이. 원격조종을 받는 듯이. 케이크를 퍼먹을 수밖에 없었습니다. 캄캄했습니다. 캄캄했습니다.

실비아

문이 열려 있었습니다

그러니까
어쩔 수 없었던 것입니다

두 개의 막대기로 재어본 주님의 길이는 너무도 초라한 것이어서
손님은 무릎을 꿇을 수밖에 없었습니다

꿇은 무릎을 한 번 더 꿇고
키를 맞추어야 했습니다

발소리가 다가왔습니다

물이 돌을 다루듯
할머니가 손님의 머리를 쓰다듬었습니다

뜨겁게 타버린 은혜

차갑게 결여된 의미

언제나 임박해 있는 시간

눈꺼풀이 떨렸습니다

사운드트랙

눈이 그치고. 하늘은 맑다.

나무야.

나무야. 겨울나무야.

나무는 크다. 나무 옆에는 웅덩이. 웅덩이의 살얼음을 밟는 소리는 즐겁고 눈덩이는 가파르게 굴러오고 얼얼한 미래의 집에는 남은 선율이. 남은 사람이

망가진 피아노에 엎드려 흐느낌으로 건반을 두드리며

낮은 도. 또 낮은 도. 남은 옥타브에서. 활활 타는 난로에서. 때로는 예감. 때로는 반감. 때로는 소망. 음악은 무한.

랑데부는 어땠어?

눈이 그치고. 눈덩이가 굴러온다.

나무는 크고. 나무보다 더 큰 나무의 흔들림. 창문의 떨림. 조금 차가운 손으로. 이러한 열림. 이러한 섞임.

어깨를 덮어줄 담요가 필요했어.

안경에 김이 서린다. 맑은 콧물이 흐른다.

나는 단순해지려고 한다. 아름다워지려고 한다.

윤달이 온다

윤달이 온다. 우리는 삽을 들고 있다.

윤달이 온다. 우리는 다 알고 있다.

개간을 해야 하는데. 엘도라도에서. 우리는 겨우 엘도라도에서. 윤달의 구덩이를 만들고 있다. 서두르자. 윤달에 당하면 방법이 없어. 윤달에 당하면 삭망이. 삶이. 삶은 부풀고 삶의 전설은 넘치고 삶과 살림의 피할 수 없는 악순환이. 삽날을 흙에 박는다. 풍수가 나쁘대. 그런 말은 곧이듣지 말고. 생각도 하지 말고. 보란 듯이. 다 보란 듯이. 우리는 윤달의 구덩이를 만들고 있다. 우리는 빠짐없이 아디다스를 신고. 구덩이 옆에는 구덩이에서 파낸 흙더미. 흙더미의 흙은 말할 수 없이 곱다. 지렁이는 흙을 먹는대. 구덩이 안에는 구덩이의 모자란 깊이. 등을 말고. 동그랗게 등을 말고. 어서. 우리는 어서 윤달의 구덩이에 숨어. 물 한 모금하고. 빵 조금하고. 한 모금만 더. 한 입만 더. 아디다스에 땀이 찬다. 아디다스에는 아디다스의 냄새. 윤달에는 윤달의 냄새. 우리는 코를 킁킁거리면서. 젖은 삽날과 삽날이 부딪힌다. 오리무중이다. 도깨비불에 홀린 거야. 윤달의 구덩이에 빠지면 퇴비가 된대. 우리는 귀를 막는다. 구덩이 안에는 구덩이의 남는 깊이. 구덩이에서 파낸 흙더미의 뒤에 숨어. 어서. 망을 보자. 우리는 구덩이에 윤달을 파묻고. 기름진 흙을 덮고. 골짜기에 시냇물이 흐른다. 나무를 심고. 묵념을 하고. 엘도라도에서. 엘도라도의 바람 속에서. 한 뼘만 더. 한 발만 더. 윤달이 오기 전에. 한 삽만 더. 한 호흡만 더. 윤달이 온다.

옥텟

"올 것이 왔어"
하나가 말했다

"뭘 좀 먹어야겠지"
또 하나가 말했다

"죄 없는 자들은 목이 마르지 않아도 물을 마신대"
또 하나가 말했다

보자기에 모가지는

노래가 들렸다

지저귀고 기저귀고
바구니에 가자미가
누더기네 구더기네

"손색이 없는 거야"
또 하나가 말했다

기저귀던 지저귀는
누더기다 바구니고

"음치, 하고 웃을까"
또 하나가 말했다

모자기네 보가지네

간발의 차이로 해가 지고
혼비백산의 가루가 날리고

가자미던 구더기에

기다리고 있었지

인적 없는 미래에

우리는 아름답고 거추장스러운 옛날 악기를 들고

조그만 이모들이 우글거리는 나라

하나 남은 벽에 등을 대고 앉아
우리는 무척 즐겁다

우리는 갖가지 미신을 바닥에 늘어놓고

오락거리와 간식거리를 나누며
씨가 없는 이야기를 후두둑 뱉으며

이 벽은 무엇의
하나 남은 벽일까

우리는 나란히 나란히 벌거벗고
벌거벗음의 내기를 한다

우리는 조그만 이모들
눈을 감고 서로의 갈비를 만지며
갈비가 하나
갈비가 둘
사마귀에 덮인 손으로

갈비뼈는 둥글고
갈비뼈는 금이 가고

괜찮아 괜찮아 우리에게는
담력이 있다
넉살이 있다
야단을 맞아도 좋지 우리는 햇볕에
갈비를 말리며
갈비의 짝을 맞추며

이 벽은 무엇의
하나 남은 벽일까

이마에 주름을 잡고
모자이크를 한다 하나 남은
무엇의 벽에
하느님이 있고 하트가 있고
갈비가 가득하고

우리는 자라서

무엇이 될까

조그만 이모들이 우글거리는

I

음악이 없는 실내

내부 공사 중입니다

밤은 되도록 깊습니다

밤만큼이나
가재도구들의 영혼도 깊어가고 있습니다

선풍기가 돌아갑니다

내복을 입은 사람은 소파에 앉아 있습니다

다리미는 사은품이고

촛농은 속죄 없이 떨어지고

나머지는, 들어보죠, 들어보겠습니다, 천장에는 의자를 끄는 소리, 지하에는 헐거운 문짝이 집요하게 닫히는 소리, 서쪽 방에는 전단지가 찢어지는 소리, 동쪽 방에는 냉장고가 웅웅거리는 소리, 창밖의 담벼락에는 담쟁이덩

굴이 끈끈하게 자라는 소리, 상상 밖에는 상상을 이탈한
시계의 초침 소리,

다시 들어보겠습니다

마술피리

쥐띠라고 했다

쥐띠라고 했다

쥐띠라고

쥐떼라고 했다. 쥐띠라고 했다. 끈끈이주걱이라고 했다. 만지면 묻어난다고 했다. 기구한 팔자라고 했다. 하수구를 조사하러 온 죽은 사람의 대리인이라고 했다. 사신에게 버려진 얼간이라고 했다. 죽은 스파이. 살아 있는 스펀지. 물을 먹었다고 했다. 죽은 이끼. 살아 있는 목소리. 목소리가 울리는 배수관의

갑자기 사라짐. 사라짐의 멍함. 메마름 속으로. 메마름에 대한 면역력을 잃고. 경련과 충동. 두드러지는 불가능. 심야의 두드림. 꼬리에 꼬리를 물고. 쥐떼라고 했다. 쥐떼라고

쥐떼라고 했다

쥐떼라고 했다

쥐띠라고 했다

열렬한 쑥덕임. 신속한 부대낌. 닥침. 잠김. 들썩임. 긁힘. 술렁임. 닥침. 울림. 또 닥침. 또 울림. 쑥덕임.

채색삽화

#1

바탕을 잃었습니다

통촉합니다

연어색과 홍학색이 굽이치는 줄무늬 우주에서
귤곰팡이색의 꽈배기 스웨터를
우리는 혼자 입고 있습니다

무대 경험 없습니다

유령 장치 돌아갑니다

우리는 귤곰팡이색의 얘깃거리가 될 수 없습니다

(수군수군거리면서)

(수군수군거리면서)

줄무늬의 줄에 매달려 귤곰팡이색의 우주로 건너갈 수는 없습니다

#2

줄무늬의 줄에 매달려
우리는 염탐을 합니다, 꼼짝없이, 헌 생명에서
새 생명이 나온다, 아아,

녹내장의 녹과 백내장의 백이 섞여 눈동자가 만들어집니다

갓난아기의 색깔과 원숭이의 색깔이 배합되어 피부에 입혀집니다

핏속에 녹아 있는 천사의 농도를 조절하기 위해 정맥에 주삿바늘이 들어갑니다

피로 쓴

피보다 뜨거운 진실로
피를 식힐 수는 없을까

피로 쓴
피보다 붉은 거짓말을
피로 지울 수는 없을까

우리는 탄식을 합니다, 아아, 진정성의 얼룩은
무던히도 지워지지 않는구나

#3

망극합니다

#4

두리번거립니다
뜬눈입니다

건어물 트럭의 빨간 새우가 넘쳐나는 NG.

앵무새 일이 산산이 박살나는 NG.

아니지, 아니다, 뜬눈의 얼굴을 둘 곳은 없으니

커피색 스타킹을 뒤집어쓰고
귤곰팡이의 맛을 입힌 알사탕을 굴려 먹는 NG.

광대의 딸기코를 붙이고
환멸의 성찬 떡을 씹어 먹는 NG.

앞머리를 무성하게 내리고 명상에 들다가, 아니지, 아니다,
이건 아니다,
이따가 눈을 뜹니다

귤곰팡이색의 꽈배기 스웨터를 우리는 혼자 입고 있는 것입니다

#5

두드립니다

두드립니다

무엄합니다

우리는 귤곰팡이색의 몰라보임을 당해야 합니다

(왼쪽 뺨의 몰라보임)

우리는 귤곰팡이색의 몰라보임에 길들어야 합니다

(오른쪽 뺨의 몰라보임)

휴머니티

그릇이 달그락거린다. 설마.

이렇게 많은 인간이 한꺼번에 존재할 수 있다니. 이렇게 많은 염색체가 같은 색깔로 물들 수 있나니. 반시면 옮을 것 같구나. 십진법으로는 셀 수조차 없구나.

외톨이 과학자의 홈 메이드 악몽인가.

그 과학자가 시달리는
색맹의 리얼리즘인가.

아니면 못난 요정들에게나 어울리는
협소한 영원의 상징인가.

검류계의 바늘이 떨리고. 그릇이 달그락거린다. 그만. 흘러내리다 굳어버린 촛농. 미지수 X와 헤모글로빈. 초페르뮴의 로렌슘. 제라늄. 안젤륨.

순수한 인간성만을 추출하여

정제된 의인화를 시도해야 했던 건가.

맹물을 달여 만든 배양액에 담가
때가 올 때까지
달걀 껍질 안에 봉해두었어야 했나.

물이 끓는다. 머리가 뜨겁다. 무너진 문장과 무너진 계통. 깨진 문장과 깨진 그릇. 상한 문장과 상한 양분. 난생 설화를 새로 휘갈겨 뒤죽박죽으로 지저귀는 새에게 바치고. 부르르 열패감의 쾌락에 무릎을 꿇고. 눈이 풀리고

입냄새가 나고

요물이 꿈틀거리고

낄낄거리고

난생설화

요정이 왔다.

요정은 계란옷을 뒤집어쓰고 있었다. 껍질을 밟고 서서

계란옷은 흘러내리고 있었다.

나와라. 나와. 내가 불렀던가. 침침한 눈을 비볐던가. 가지가 달린 플라스크 바닥의 히죽거림. 눈금이 지워진 시험관 속의 액상 신경. 나는 소원을 빌었던가. 부글부글 끓었던가. 우리의 소원은 통일. 죽어도 소원은 통일.

계란옷은 흘러내리고 있었다.

흐느낌 같기도 했고 덥다는 표현 같기도 했다.

긴장의 풀림 같기도 했고 항변 같기도 했고

나는 나무람을 당했던가. *못써. 그러면.* 귀를 막았던가. 끓어오른 기포가 죽는 소리. 상처를 핥는 혓바닥의 소리.

마스크 속의 숨소리. 병아리의 울음소리. 영혼의 잡탕도 못 되는. 잡탕의 재탕 삼탕쯤을 휘저으며. 압도적인 못씀을 증류하며.

나는 요정이 숨을 데를 찾아주어야 했다.

바닥을 닦아야만 했다.

계란옷이 흘러내리고 있었다.

계란옷이 흘러내리고 있었다.

홀로 독

요정이 왔다.

요정은 홀로 독. 홀로 독의

조명 아래에서 독사진을 너무 많이 찍어 피멍이 든 것처럼. 붉다. 무르다. 상처는 곪아서 언제 터질 듯이. 터뜨려야 할 듯이.

나는 머리를 긁는다. 요정의 눈을 피한다. 수건을 건넨다. 바닥을 본다. 바닥을 본다.

요정은 맨발이다. 크고 아름답다. 만지면 따뜻하겠지. 손이 다 녹아버리겠지. 나는 머리를 긁는다. 녹기 전의 손으로. 어깨에는 비듬이. 귀에는 속삭임이. *어떻게 되었어.*

간지럽다. 웃음이 날 것 같다. 붉다.

요정은 붉고. 나는 머리를 감아야 한다. 홀로 독은 옮아서. 귀를 닦아야 한다. 손을 씻어야 한다. 수건은 삶아야겠지. 따로 삶아야겠지. 통찰력이 끓어 주전자는 넘치겠지.

주전자가 반짝인다.

주전자에 비친 요정은 뚱뚱하다. 터질 것 같다. 상식이란 게 없다.

클론

철컥. 철컥. 예수의 쌍둥이 동무를 찍어내는 기계가 부지런히 돌아가고 있습니다.

철컥. 철컥. 속에 들어 있는 것은 팥일까요. 크림일까요. 성령일까요. 아니면 생명이라는 고름일까요.

생명. 생명이라니. 철컥. 그렇게 고귀한 것이라니. 철컥.

박자에 맞춰 그저 춤을 추면 좋을 텐데요. 용가리와 함께 트위스트를. 장국영과 함께 맘보를.

나는 앞이 깜깜합니다. 철컥. 철컥.

영능력이 형편없습니다. 철컥. 철컥.

십자 대신 엑스자로 성호를 긋고, 긋고, 부르르르 거듭그으며

맹목의 질료들을 있는 그대로 구원하는 일에는 어떻게 일조해야 합니까.

한 마리, 두 마리, 다섯 마리, 열세 마리, 부활한 쌍둥이동무들은

길흉을 초월하고

동무애로 하나가 되어
생명을 넘고 넘어
미래의 시체를 넘고 또 넘어
철컥. 철컥. 이만큼 가까워집니다.

나는 거절할 권리가 없습니다.
나는 실수할 자격이 없습니다.
너를 두 번 죽게 만들 수는 없습니다.

엑스자 대신 갈지자로, 아니다, 모른다, 아니다, 모른다, 베드로와 함께 차차차를, 마리아와 함께 왈츠를,
박자에 맞춰 춤을 추는 흉내를 내다 발을 밟히게 되면
나의 입에서는 무엇이 튀어나올까요.
철컥. 철컥. 팥일까요. 크림일까요. 위액일까요. 걸쭉한 욕이 섞인 가르강튀아의 침일까요.
이런 입으로는 어떻게 영생을 면해야 하는 겁니까. 철컥. 철컥.

나무젓가락이 없는 집

나무젓가락이 없는 집에서. 밥을 먹는다.

나무젓가락이 없으니까. 불을 꺼놓고.

사촌들. 육촌들. 백작 부인. 공작 부인. 다 같이 둘러앉아. 우리는 손을 비빈다. 두리번거린다. 아는 냄새가 난다. 모르는 냄새가 난다.

이것은 곤약. 이것은 어묵. 이것은 연두부.

나눠 먹자

이것은 오리국수. 이것은 어리굴젓. 이것은 두통만두.

어떻게 먹어

겨드랑이 냄새가 난다. 충치 냄새가 난다. 북새통이군. 최백호 씨. 바제도 씨. 복희 씨. 남궁 씨. 우리는 앞뒤가 맞지 않는다. 우리는 번식 중이다. 우리는 무너지고 있다.

이것은 모래주머니. 이것은 송장개구리. 이것은 돼지 껍데기.

껍데기는 가라

우리는 말을 잃는다. 우리는 입술을 깨문다. 거봐. 피가 난다.

가래가 끓는다. 밥물이 넘친다. 우리는 기도를 해야 한다. 토할 듯이. 다 토할 듯이. 이것은 간척지의 쌀. 이것은 떡라면의 떡. 이것은 먹구름의 먹. 나무젓가락이 없으니까. 깍지를 끼고. 불을 꺼놓고.

종근당에 갔다

종근당에 갔다

복도는 추했다

우리는 차가운 형광등 불빛 아래

우리는 비열한 환상에 젖어

그날의 일
그날그날의 없었던 일

소리를 내서 생각을 하고 싶었다

그날그날의 경험에 맞추어
종근당에서 말소된 것들
손상된 것들 우리가 겪지 못한 모든 것들

목은 마르고
약은 쓰고 이윽고

그날의 성분이
그날그날의 생각이

코로 밀려 들어와서 기침을 하게 된다면 우리의 입에서는 무엇이 튀어나올 것인가

튀어나온 것들이
북받친 의외의 것들이

생각에 섞여 다시 목구멍으로 넘어온다면 우리는 어떤 침을 삼켜야 하는가

(에밀레종은 뜨거웠겠지)

종근당의 종은 울리지 않았고

(소리가 나지 않는 생각 속에)

종근당의 복도에 주저앉아

(시간은 금이다, 아니다 납이다, 아니다 쇳물이다, 뜨겁게 끓어 넘쳐)

우리는 점멸하는 형광등 불빛 아래

드링크

요정이 왔다.

마르지 않은 시멘트에. 한 발.

한 발. 좌향좌. 요정은

기울어진 선반에 팔꿈치를 대고
선반의 먼지를 손끝으로 쓸고

Drink me

갈색 약병을 내밀었다. 한 발.

한 발. 코를 찌르는
상한 달걀의 냄새 요정의 냄새
찢어진 한쪽 날개와
한쪽 날개의 퇴폐적인 냄새

Drink me

암담하군. 요정과 나는
갈색 약병을 사이에 두고

여자버터를 따뜻한 흰밥에 비벼 먹는 한쪽과
베이비크림을 식빵에 듬뿍 발라 먹는 한쪽이
마주 앉아 팔씨름을 하면 누가 이길까

Drink me

누가 끝일까. 합을 맞추어. 굳은 시멘트에. 한 발.

한 발. 갈색 약병을 받아 들고

Drink me

이. 나는 이를 했다. 이를 박박 닦고 이. 요정에게 이를 보여주었다.

땀구멍으로 적의가 흘러내릴 것 같아서. 이. 환하게 이를 했다.

갈색
아니면 담갈색

Drink me

그때 나는 재미있는 사람이었다.

박색 키르케

빛이 들었다, 빛이, 아니나 다를까,
키르케는 박색이었고

이봐, 기죽지 말자, 모르는 사이라도
모르는 척할 수 있어

모르면 모를까,
키케로는 키르케를 돌아보다
석고상이 되었고

눈에는 눈, 돌에는 돌

말 없는 돌멩이가 이제
아껴두었던 웃음을 낄낄 흘릴 차례

만져보자, 만져보자, 조금, 아주 조금
반죽을 다시 주물러 팔자를 고치면 좋겠지만

흑색유머와 백색소음 사이

불결품과 멸균품 사이

훅허물은 뜨겁게 벗기고
부스럼에는 고약을 부치고

키르케가 있다, 키케로가 있다, 키르키케로가 깬다, 키르케고르가 운다,

까악까악, 까악까악,

무지개와 지우개 사이
키르케와 키케로 사이

실버 클라우드

그렇습니다. 지운 것들이
이렇게나 많았던 것입니다.

지우개지옥에서 휘몰아치는 지우개가루를 헤치며
우리는 궁극의 낙서를 찾아 헤매고 있습니다.

그 낙서의 무질서에는
말씀이 숨어 있을 것입니다.

그 말씀을 위해 언젠가 햇빛은
현실이 눈앞에 펼쳐지는 신비 속에 우리를 버려둘 것입니다.

그 햇빛을 돋보기로 모아
불개미떼를 태워 죽인 흔적은 아직

그래서 껌 종이는 버려서는 안 되는 거다. 싸서 버릴 수 있도록. 그래서 껌 종이는 은박지로 만들어지는 거다. 구겨지는 소리가 귓속에 가득 차도록. 그래서 은박지는

반짝이는 거다. 만물의 난반사로 눈이 멀어버리도록.

다음은 개미지옥이라고 합니다.

악천후

어서 가라. 가고 있어. 지우개지옥을 지나. 바구니지옥을 지나. 무성한 잡념을 헤치며. 반목의 뉘앙스를 견디며. 더듬었다. 끈적였다. 내가 자초한 것들. 자초지종이 없는 것들. 만시변 묻어나는 것늘. 긁으면 피가 나는 것들. 불쾌한 재능의 뻘밭에 발이 빠졌고. 능동태의 숲에서 누더기가 되었고. *어서 가라*. 가고 있잖아. 오류의 빛. 은혜의 밤. 만주 벌판을 본뜬 황량한 천국의 신기루에 눈이 멀었고. 오호츠크해를 떠도는 젖은 유령의 흐느낌에 기가 질렸고. 검은 삼각주에는 모서리가 없었고. 표면도 없었고. 방위는 무너졌고. 지도는 너덜거렸고. 괜찮습니다, 내 기분은 갱지가 아니라서 쉽게 찢어지지 않을 줄 알았지. 위도와 경도를 초월하여. 자르는 선을 따라 접고. 접는 선을 따라 지우고. 지우개지옥을 지나. 금 시대와 은 시대를 도약하여. 바야흐로 알미늄 시대에 닿을 것처럼 가볍게 구겨질 수 있을 줄 알았지. 바구니에 버리면 될 줄 알았지. 뒤집어쓴 바구니. 바구니의 목소리. *어서 가라*. *제발 가라*. 애원의 높낮이를 따라 뒤틀리는 것들. 의혹의 습도를 따라 말라붙는 것들. 쥐가 났다. 뜨거웠다. 해석의 가장자리를 따라 덧나는 것들. 환멸의 끝에서 충혈되는 것들. 간

헐천이 끓었다. 속옷을 빨았다. 화상을 입었다. 불가능한 바람.

수안보

요정이 왔다.

요정은 길을 막고. *도고온천은 뜨거워*.

요정은 잘못 든 밤의
잘못 든 숙소를 지키는 것 같았다.

열쇠 꾸러미를 목에 걸고
왔다 갔다 무리를 하며

엣, 취,

엣, 취, 영락없는 재채기를 했다.

만월이었다.

얼굴에 튄 침을 차마 닦을 수가 없어
나는 신음을 흘렸지.

바람에 말릴까
연고를 바를까

3개월 속성으로 익힌 찬송가는 생각이 나지 않았다.

쇠약한 심신을 위로하러 요양을 왔는데
의심은 깊고
유황 물은 무섭고

흰 우유가 먹고 싶지만 우유로 얼룩지는 불행을 어떻게 견딘단 말인가.

열쇠는 반짝이고
문은 멀고

도고온천은 뜨거워. 요정은 눈이 흔들렸다.

달은 크고
밤은 밝고

마그마야. 나는 요정을 마그마라 불렀다.

잘못 든 밤의
잘못 든 숙소에 발이 묶여

마그마야. 마그마야.

나는 마그마의 머리와 등을 쓰다듬어주는 수밖에 없었다.

완전한 마모의 돌 찾기 대회

그때 해변에서는
완전한 마모의 돌 찾기 대회가 열리고 있었습니다
나는 가방을 메고 있었습니다
만국기가 날리는 하늘은 무거웠습니다
삭삭기 셰몰애 별헤 삭삭기 셰몰애 별헤
인민의 딸이 인민의 높은 딸이 손나팔을 만들어 신호를 보내며
옷자락을 펄럭였습니다
파도가 부서졌습니다 나는 처음이었습니다
등 번호는 없었고 가방만 있었고
뜨겁다 뜨겁구나 틈이란 틈을
샅샅이 더듬는 긴 여정을 시작할 수밖에 없었습니다
모래와 물 사이
물과 묽음 사이
묽음과 소금 사이
목이 말랐습니다 녹는 점과
끓는 점 사이 죄와 벌 사이
비누로 손을 씻고 싶었습니다 완전한 마모의 비누와
침전과 잔존과

진도와 제주도 사이
시계와 시간 사이
반칙이었을까 나는 수명이 길었고 떠오름과
떠올림 사이
야쿠르트 아줌마와 아모레 아줌마와
을지로의 쇠냄새
퇴계로의 개냄새
식은땀을 흘리며 실격의 위기를 겪었습니다
불완전한 마모의 돌을
움켜쥐고 싶었습니다 힘껏 또 힘껏
6인 병실의 밤을 지배하는
숨소리의 복잡한 오르막과 내리막 사이
박자가 다른 좌심실과 우심실 사이
숨 쉬는 것을 잊은 콧구멍과 밥 넘기는 것을 잊은 목구멍 사이
구멍은 참 많았습니다
지우개지옥과 개미지옥 사이
타 죽은 지렁이를
일개미들이 움직이고 있었습니다 움직임과

움직이는 구름 사이
가방은 가벼웠습니다
맹장과 십이지장 사이
성령과 망령 사이

여름이 가고 있습니다 두 번 세 번 우두둑
깨물어 먹는 얼음의 여름과
강의 얼음이 깨지는 겨울의 끝 사이

참과 거짓 사이

한계와 경계 사이

다녀오겠습니다

그때 나는
다녀오겠습니다 완전한 마모의 돌 찾기 대회가

미련을 버릴 수가 없었습니다

II

~~같이가자그래두가지두않구~~

다녀왔습니다

다녀왔습니다

저는 왜 늦었습니다

저는 왜 말이 아니었습니다

저는 왜 옷이 젖어 있어서

기연가미연가
일광세탁소에서 보내온 화환이
우리 집 앞에서 시들어가고 있습니다

상심의 가벼움

흘러가는 망각의 구름

나무랄 데가 없습니다

형언할 수가 없습니다

영구 인플레이션에서의 부드러운 탈출*

요정이 왔다.

여기까지.

그래. 여기까지. 요정은 모비딕의 색에 물들어 있다.

김이 펄펄 솟는 두부를
양철 쟁반에 받쳐 들고 있다.

가득하다. 말할 수 없는
낯선 냄새가 난다. 여기까지.

그래. 여기까지.

멀미를 참으며 대륙붕을 헤치고. 오병이어의 은밀한 유혹을 물리치고. 물바다와. 오로라와. 무지개 아래 무지개지옥의 불가사의를 뚫은 듯이

그다음은 끓어 넘친 밥물 자국

그다음은 말라붙은 치약 거품

죽은 물고기의 비늘 같은 것이 차가운 얼룩말의 얼룩 같은 것이 가라앉음과 들킴 같은 것이

"세계의 심장이야."

두부를 건네며. 요정은 힘을 준다. 잠긴 목으로. 여기까지. 무릎으로 서서. 그래. 여기까지. 태연한 얼굴을 하고. 나의 앞치마에 손을 닦고.

모비딕의 색이 마르고 있다.

두부는 식어가고 있다.

다행이다. 여기까지. 구면이다. 그래. 소리 없이.

* 스티븐 호킹과 토마스 헤르토크의 미완성 논문 제목.

영구 인플레이션으로의 부드러운 함몰

전날에. 전전날에. 마음이 급한 대로 너는 나의 심장에 손을 대고. 두부 가게를 차리겠다고 한다.

한 모. 두 모.

냉장고를 등지고서.

두 모. 세 모.

냉장고의 두부를 꺼내지 못하면서.

전전날에. 전전전날에. 에러. 노이즈. 펄스. 심박수와 주파수를 혼동하면서. 밥이 되어가는데. 냉장고의 빈칸을 채우지 못하면서. 냉장고의 불빛에 몸을 녹이지도 못하면서.

세 모. 네 모.

부족한 모서리의 수를 세면서.

두부 가게를 차리겠다고 한다. 너는. 상한 두부의 맛도 모르면서. 네 모. 네 모. 엿 가게의 옆에. 캬라멜 가게의 옆에 옆에.

무거운 눈꺼풀을 견디면서. 머리를 흔들면서. 부풀어 오르는 전전전날에. 전날의 전전전날에. 냉장고를 부정하면서.

집어쳐. 나는 웃지 못한다. 손을 뿌리치지 못한다. 세 모. 네 모. 조롱을 참으면 왜 간지러운가. 모호함을 참으면 왜 심장이 뛰는가.

네 모. 반 모.

달구어진 금속의 냄새. 오래 삶은 행주의 냄새. 뜸이 들고 있는데. 한 모. 두 모. 쌀과 소금을 구분할 줄 모르면서. 언제부터 끓고 있는 맑은국을 너는 모른 척하면서.

몬순

가계부를 쓴다

구연산의 다음
양말로 짐작되는 것의 다음
물과 피자두의
다음
또 다음

돈은 왜 이렇게 아름다운가

자기앞수표는 어떻게 자기 앞으로 돌아오고

어떻게 빨래는 썩고

저절로 만들어지는 잔액으로는 무엇을 살 수 있는가

밀려 쓰기에 의해서만
페이지는 왜 다음으로 넘어가고

침을 묻혀
다음
또 다음

겉핥기에 중독된 혓바닥

홀로 벌거벗은 정신의 비린내

죽은 손톱의
자주색과 연필심 냄새

모나미의 다음
또 다음 파쇄기의 다음

국립도서관의 영원한 밤

내 자리에서. 더할 나위 없는 내 자리에서. 너는 죽은 책을 읽고 있다.

커튼이 부풀고 있다. 사물이 펼쳐지고 있다. 죽은 까마귀. 죽은 불가사리. 죽은 가자미. 죽은 노래의 메들리가 들려오고 있다.

원을 그리면서. 반시계 방향으로 원을 그리면서. 나는 너의 동정을 살피고 있다.

두 개의 귀. 열 개의 손톱. 어깨를 들썩이며 웃는 나쁜 버릇. 너는 죽은 농담의 뼈를 모으고 있다. 죽은 생각의 무덤을 파헤치고 있다. 죽은 단어를 모아둔 필통을 뒤적이고 있다. 죽은 가자미의 눈동자가 너를 노려보고 있다.

수분 과다로 죽은 선인장에 나는 규칙적으로 물을 주고 있다. 화장실을 참고 있다. 발소리를 죽이고 있다. 원을 그리면서. 점점 더 완전한 원을 그리면서. 죽은 속담을 외우고 있다. 죽은 시계. 죽은 가마우지. 죽은 불가사리.

딱딱한 것이 만져지고 있다.

너는 웃고 있다. 내 자리에서. 더할 나위 없는 내 자리에서.

웃지 않는 소설

소설 속에서. 웃지 않는 나의 소설 속에서. 너는 자서전을 쓰고 있다.

수동태의 문장으로. 하루에 한 줄씩. 삶을 당해서. 삶은 처음이라서. 미리 보인다. 미리 들린다. 너의 어깨에는 죽은 사람의 옷을 걸쳐주어야 한다. 너의 입에는 죽은 사람의 음식을 떠먹여야 한다. 너의 휴식에는 죽은 사람의 잠을 찾아주어야 한다.

삶에는 웃음의 농도가 높아서. 삼투압에 시달리게 되어 있어서. 흘러든다. 흘러들 것이다. 흘림체로 씌어질 것이다. 하루에 한 줄씩. 줄에서 줄로 의미를 두려워하는 듯 전전긍긍하다 부패하는 글씨. 물 얼룩으로 뒤틀린 종이.

타성에 젖는 맹렬한 쾌락에 사로잡혀서. 너는. 한 줄 건너 한 줄씩. 임의의 한 줄씩. 소설 속에서. 웃지 않는 나의 소설 속에서.

나는 웃었다.

그러나 나는 웃었다.

그러나 나는 웃었다.

규방가사

평행하는 두 개의 직선으로
방을 만들었어, 누가 말했다
은밀하고 또
중밀이 와도 끄떡없어, 누가 밀했다, 좋지
양이 하나
나무가 하나
돌이 하나
새가 하나
사람은 아직, 누가 나를 말렸다
사람이 살면 살기로 채워지고
사람이 죽으면 생기로 숨 막혀서
이목구비를 떼어
이렇게 주머니에 넣은 다음, 누가 나의 얼굴을 쓸었다
데스마스크를 단단히 쓰고
심혈을 기울여 마지막 연구를 해야 해, 봐봐,
양이 있지, 양은 많지,
하나가 아니지, 누가 웃었다
띠 벽지를 둘러 길을 내서
우글거리는 양들을 머릿속에서 내몰고

산소로 오염된 꿈은
요오드액으로 닦아내고
심호흡을 하고
메스꺼움을 누르고
평행하는 두 개의 직선으로, 누가 말끝을 흐렸다
양의 대열은 엄숙하게 이어지는데
띠 벽지를 뜯어 먹는 것으로 허기를 달래며
양은 양의 양을 낳아
무한 속으로 사라지는데, 누가 숨을 죽였다
한 마리의 양만은 기어이
찾김을 당하지 않고
하나의 제곱은 하나, 거듭거듭 제곱도 하나
평행하는 두 개의 직선에 갇혀
머리에서 발끝까지 나는 창자가 구불거리는데

봐봐, 누가 속삭였다

기다리라니까, 다시 속삭였다

끄떡도 없어, 다시 속삭였다

π

반원에 갇혔다. 반원은 속도가 있었고. 반원이지만 완고한 원이었다. 나는 전혀. 눈을 굴렸고 반원으로 굴렸고. 톱밥이 날렸습니다. 톱을 들고 누가. 박을 탄 건데. 옥신각신 타다가 멈춘 건데. 목이 돌아가는 각도가 의심스러웠다. 한계는 또렷하게. 위협은 정확하게. 팔을 뻗었고 팔은 길었고 원은 전혀. 등을 긁는 것은 무리였다. 분수를 알아야 했어. 나의 둘레에 완전무결한 후광을 그리겠다고 호언장담한 건 누구였던가. 지평선은 회전하고. 열대야의 꿈속에서 내가 오한에 들어가며 지켜낸 구멍은 어디 있는가. 어디서 점점 커지는가. 머리 위로 던진 공은 전혀. 언젠가는 되돌아오고 왁스를 바른 바닥은 미끄럽고. 반원에 갇혔다. 미끄러워도 된단 말입니까. 부끄럽지도 없으십니까. 바닐라에 대한 모름. 네모의 반듯한 사악함. 무한한 가로수의 지루함. 나는 기피를 당하는 것 같았다. 연속되는 비번이었다. 그럴듯한 소외였다. 없었던 일로 하십니까. 망신을 당할 얼굴이 전혀.

감광

턱을 괴고
창밖을 본다

그림 같군

그림 같다

저 푸른 초원에
양이 풀을 뜯고
광목이 아낌없이 펄럭이고

빨랫줄의 곡선에 정신이 팔려 나는 머리가 세는 줄도 모르지

바지에 쏟은 우유가
마르기를 기다리는 줄로 알고 있지

새가 운다

어린 양이 흘린 피에 빨래를 하면
*눈부신 표백 효과가 생긴대**

새가 운다

어린 양이 흘린 피에 목욕을 하면
괴혈병이 깨끗이 낫는대

턱을 괴고
창밖을 본다 바지에 쏟은 우유가
마르기를 기다리고 있지

햇빛이 가득하다

뜨겁다

지옥 같군

지옥 같다

기다려도 과연 내일은 오지 않고

죽은 뺨에
살아 있는 손가락

턱을 괴고

* "그들은 어린 양이 흘린 피에 옷을 빨아 희게 만들었습니다"—『요한계시록』 7장 14절.

걸레를 들고 우두커니

요정이 왔다.

요정은 굶주림의 신으로 분장을 하고
스판덱스를 입고

나는 손등에 글리세린을 바르고
두 번 세 번 바르고

이것은 어디서 본 장면인데

해가 지고 있었다. 다음 이 시간에
이 시간에 다시

나의 역할은 떠오르지 않았고 동짓날은 오지 않았고

해가 지고 있었다.

팥죽이 끓어 넘쳐
나의 겨울은 걷잡을 수 없이 더럽혀지고

요란한 소리를 내며 눈이 녹은 후에도
말라붙은 얼룩은 지워지지 않고

웃을까 굶주림의 신은 웃겠지 주린 배를 움켜잡고 폭소를 터뜨릴 것이다 옆구리가 찢어지고 톱밥과 대팻밥이 쏟아지고 거죽만 남아 의자에 늘어져서

해가 진 후에

떠오르지 않는 나의 역할과 함께

걸레를 들고 우두커니

리와인딩

접시를 깼다.

접시를 깼다. 접시를 헹궜다.

접시를 깼다.

마늘을 다졌다. 행주를 삶았지. 접시를 깼다. 소금을 쏟았다. 소금으로 죽이고 또 죽여도 다시 살아나는 배추의 의지는 밭으로 향하는 것일까 바닷물에 대한 것일까. 녹은 것들. 삼킨 것들.

다시 삼킨 것들. 되돌릴 수 없는 것들.

(옛날 옛적에 애오개에는 삶은 달걀을 너무 많이 먹어 병에 걸린 부인이 살았습니다. 부인은 마늘 한 되를 끓여 먹고 오심에 시달리다 줄줄이 병아리를 토했다지요.* 손가락질을 당하며 꺼이꺼이 죽은 병아리들을 묻어주고 삐약삐약 살아 있는 병아리들은 살려주고) 삼킨 것들. 다시 삼킨 것들.

접시를 깼다.

접시를 깼다. 시장에 갔다.

접시를 깼다.

종이컵을 구겼다. 접시를 깼다. 애오개의 어지러운 구름. 쉬파리의 망가진 곡선. 뭉개진 떡은 다섯 개에 천 원. 생닭은 한 마리에 6천 원.

접시를 깼다. 소독약을 샀다.

* 계하鷄瘕라는 질환과 그 치료법—『동의보감』.

남궁옥분 상태

일찍이 나는 인질로 잡혀 주지육림의 파티에 착석되었다고 한다.

—간을 먹어라. 간을. 간을 먹어야 눈이 좋아진다. 점점 좋아져서 다 보일 거야. 진드기까지. 엽록체까지. 수정란의 발생 과정까지. 초근접 미래까지.

간을 먹었을 것이다. 상한 간을 먹었을 것이다. 상한 것들이 다 보였을 것이다. 상한 대장균까지. 상한 자존심까지. 상한 원자핵까지. 상한 초끈까지.

—본 것만 말해봐라. 다 말해봐라.

겁에 질렸을 것이다. 사색이 되었을 것이다. 혼용하란 말인가? 다 보기 위해 먹은 입을? 본 것을 다 말하는 입으로? 음란물의 주인공처럼? 젖은 동물의 냄새. 삭은 유지방의 냄새. 갓난아기의 냄새. 무너진 분자구조의 냄새.

—말해봐라. 크게 말해봐라. 심령의 파동까지. 삶과

시간의 공통점까지. 다른 차원의 섬광까지.

복화술이라도 배워두었어야 했는데. 말하는 입은 따로 챙겼어야 했는데. 어쩔 수 없었을 것이다. 남궁옥분을 빙자해야 했을 것이다. 남궁 씨의 입으로 먹고. 남궁 씨의 눈으로 보고. 옥분 씨의 눈을 떠서 다시 보고. 옥분 씨의 입을 열어 말을 하고. 남궁 씨의 손으로 받아 적고. 옥분 씨의 손으로 필사하기 위해.

이 파티를 망치기 위해. 부정하기 위해.

그만두기 흔들리기 헤르츠

밑으로 다리가 빠졌대. 밑이라. 꺼졌잖아. 밑은. 다리는 빠뜨리는 게 아니고. 어쩌다가. 다리는 길다. 한 짝이다. 흔들흔들. 흔들흔들. 양말이 벗겨진다. 발바닥이 간지럽다. 저 봐. 살아 있어. 오금도 있어. 종아리도 있어. 내려와라. 내려와라. 밑은 술렁인다. 개미가 긇고. 안 돼요. 거절은 어렵겠지. 개미는 집을 짓고. 밑은 높대. 조건도 없대. 밑에는 줄이 닿지 않고 높이가 없는 모래의 무너짐. 안 됩니다. 발가락을 움직여 애걸의 뜻을 전할 수 있을까. 매달리시면 안 됩니다. 흔들흔들. 흔들흔들. 빠진 다리는 미끄럽습니다. 마찰력이 0입니다. 선천성 고난돌기결핍증의 살갗에는 위대한 신도 달라붙지 못합니다. 내 다리 내놔. 실족하게 됩니다. 밑으로 다리가 빠져서. 내 다리 내놔. 밑의 밑으로. 밑이라. 밑으로 다리가 빠졌대.

* "고난돌기"— 김수영, 「애정지둔」.

말복 만찬

죽은 닭을 먹었다.

말석에 앉아 나는 다소곳이 무릎을 모으고. 안 씻은 지 오래인 손으로 입을 가리고. 닭 국물은 옷에 흘리고. 닭 피는 신문지에 바르고.

트림이 난다. 곁눈질을 한다. 아직인가. 그렇다면 마하반야바라밀다…… 입술을 움직여야 할 텐데.

피혈. 고기육.
물화. 불수.
닭목. 마귀목.
근묵자흑. 근주자적.

틀렸다. 다 틀렸어. 수십 개의 간을 빼 먹은 여우라도 입술이 특별히 붉은 것은 아니고. 쥐색의 고양이가 쥐를 닮았을 리 없고. 삼삼은 구. 구구는 비둘기. 액막이에는 제곱근이 필요하다. 여우에게는 아홉 개의 꼬리. 고양이에게는 아홉 개의 목숨. 죽은 닭에게는 부족한 날개.

죽은 닭을 먹었다.

부족한 날개를 먹었다.

위 아 더 월드. 혈맹으로 맺어진 우리는
모든 영물의 에너지를 모아
날 수 있게끔 모으고 또 모아……

필라멘트가 끊어졌다.

과자를 주지 않으면 울어버릴 거예요

다 틀렸어.
틀림이 하나의 손가락처럼
공기를 가르며 돌진했고
그는 몸을 숙여 피했다. *뭔데?* 다른 사람들 중 하나가
수 세기 후에 그를 돌아보며 물었다.*

뭐냐면,

과자였어.

뭐냐면,

과자였어. 틀림없이. 몸을 숙여

신발 끈을 묶는 척 땅에 떨어진 과자를 주워 먹으니까
입가의 부스러기가 억지로 자랑스럽고
겸손의 화신이 되어버릴 것만 같았습니다. 너는. 얼굴을 들고

손을 내밀어야 했는데. 난데없이. 서슴없이. 눈을 감고
나는

그 손을 잡아야 했는데

뭐냐면,

시간을 옮겨
수 세기를 건너뛰지 않으면 잡히지 않는 맥박

뭐냐면,

자리를 옮겨
두 곳에서 읽지 않으면 판독될 수 없는 손금

틀렸어. 나는. 땅에 떨어진 과자와 같은 것으로
과자점을 치고 말았습니다. 흙을 털고

손을 내밀어야 했는데. 너는. 난해한 얼굴에

입가의 부스러기와
광대뼈가 조금 모자란 관상

과자를 옮겨
염력으로 다가가지 않으면 틀리는 운명. 틀리는 방향.
틀리는 만남. 다 틀렸어.

뭔데?

뿐만 아니라
이럴 때에도 틀리지 않는 웃음이 나오는 거야.

* 앤 카슨, 『빨강의 자서전』, 민승남 옮김, 한겨레출판, 2016.

레퀴엠

죽은 채로 들어와서 죽은 채로 퇴장하는 피조물을 위해
우리는 다 같이 야맹증을 앓아야 한다

그런 피조물의 등은
도무지 아름답지 않을 수가 없기 때문이다

타 넘고 싶은 유혹이 간절해서
눈을 뜨고 또 떠도 차마
본 것만 말할 수는 없기 때문이다

귀를 파고 또 파도
터널을 뚫을 수는 없기 때문이다

오늘 밤만. 부디 오늘 밤만

먹을 갈까

곡을 할까

그런 피조물의 삶은
도무지 추체험을 할 수가 없고

그런 피조물을 위한 노래는
너무 짧아서 끝을 맺출 수가 없고

놓고 온 것들

남아 있습니다.

남은 시간. 남은 음식. 부서진 비스킷의 무수한 부스러기.

남아 있습니다.

남은 소리. 남은 구멍. 여집합에 시달리는 타원의 밝은 윤곽.

동지들

밤은 온다

또 온다

자꾸 온다

죽을 때까지 오게 되어 있다 봐주지 않는다

알고 있습니다.

남은 은총. 남은 손톱. 나타냄의 표시를 더 많이 가진 머리카락.

여름이 가고 있다

여름이 가고 있다 물론 뜨거웠다

여름이 가고 있다 물론 비가 많이 왔지

여름 내내 그는 아름다운 지팡이의 끝으로 흙바닥에 뭔가를 적어보려 했습니다

여름이 가고 있다 여념이 없었지

여름이 가고 있다 뭐였을까

뭐라도 하며 나는 그의 환심을 사고 싶었지만 같은 시간의 같은 사건 속에 우리가 엮일 수는 없었습니다

여름이 가고 있다 썩는 것들은 충분했지

여름이 가고 있다 지팡이는 견고했다

여름 내내 나는 떠날 준비를 하다 만 자세로 지팡이에

의지하여 늙어가는 기분이었습니다

여름이 가고 있다 우리를 이루는 서로 다른 물질

여름이 가고 있다 이사 철이 오고 있다

여름이 가고 있다 좋은 생각이 나려고 한다

놓고 왔을 리가 없다 뒤를 돌아본다

놓고 왔을 리가 없다 나는 뒤를 돌아본다

"취리히?"
하나가 물었다.

"취리히."
하나가 답했다.

"취리히……"
하나가 먼 데를 보았다.

2019년 12월
신해욱